깊은 밤이 거기 서 있지만

깊은 밤이 거기 서 있지만

전상열 서정시집

깊은 밤이 거기 서 있지만

■ 발문

세상을 품고 사는 친구에게

최 돈 선(시인)

94년 초겨울이었다.

당시 나는 경기도 대성리 계곡에서 혼자 글을 쓰고 있었는데 그 산막을 전상열이 찾아왔다. 근 20여년도 넘게 소식이 끊겼던 친구였다. 우리는 밤 늦게까지 술을 마시면서 그동안 지나왔던 인생살이에 대해 많은 이야기를 나누었다. 중학교 때는 늘 볼이 발갛게 달아있던 소년이었던 그가 어느 새 중년의 나이가 되어 있었다. 우린 마치 소년시절로 다시금 돌아간 것 같았다. 20년 전 전상열이 농협에 근무할 때까지 우리는 같은 시골 마을에서 살았다. 그런데 어느 날 그는 직장을 그만 두고 홀연히 시골을 떠났다. 부평리 그의 마을도 소양강 댐 수몰지역으로 물에 잠겨 버린 후였다. 그렇게 몇 년이 지난 후, 우린 춘천에서 다시 만났다. 그때 나는 고등학교 선생이었고 그는 어느 보험회사의 소장이 되어 있었다. 그런데 일 년이 지나자 또 소식이 끊겼다. 그러고는 오랜 세월이 지나갔다. 그동안 전상열은 바람결처럼 이곳저곳을 참 많이도 쏘다녔던 모양이었다. 숱한 실패와 좌절이 있었고 여러 직업을 전전하며 '이 세상을 살아내기'에 언제나 힘겨워했다. 그러나 그 힘겨움을 이겨낼 수 있었던 것은 아내가 있었기 때문일 거라며 그는 눈시울을 붉혔다.

지금 그는 인천시 부평동에서 한식집을 운영하고 있는데, 그 지명이 바로 물에 잠긴 그의 고향 부평리와 같은 이름이다. 아마도 그것이 우연인지, 아니면 그가 일부러 그 부평동에

다 터를 잡은 것인지는 잘 모르지만, 내가 알기론 전상열은 부평리 고향의 냄새가 짙게 배어있는 사람임에는 틀림없다.

그날 전상열은 조심스럽게 내게 운을 뗐다. 비록 고향이 물에 잠기긴 했지만 그 고향은 늘 마음 안에 흔들리는 영혼의 존재라고. 그런 다음 그는 몇 편의 습작시를 내게 보여 주었다. 소월류의 감상시였다. 일찍이 나는 전상열이 시를 썼다는 기억이 없다. 그런데 그가 시를 써 보고 싶다고 내게 말했을 때는 나는 약간 당황하지 않을 수 없었다. 이제와서 무엇 때문에 하지만 나는 그의 눈빛에서 한없는 그리움 같은 것을 보았다. 그래서 나는 이렇게 말해 주었던 듯싶다. 시를 너무 아름답게만 생각지 말라고. 네 삶의 모습을 그대로 그냥 쓰라고. 지나온 삶이 고통스러우면 고통스러운 대로, 아름다우면 아름다운 대로, 꾸미지 말고 진솔하게 써 보라고.

일년이 지나는 동안 전상열이 내게 보여준 시는 100여편이 훨씬 넘었다. 그는 <詩山> 동인 활동을 하면서 매일매일 시를 썼다. 2년이 지나자 그는 이전의 전상열이 아니었다. 그의 시는 눈부시게 달라져 있었다. 그의 언어는 갈고 닦여 이제는 빛을 발하고 있었다. 나는 기뻤다. 전상열은 그동안 시를 쓰지 않았다 뿐이지, 그는 언제나 고향을 마음 속에 둔 시인으로 살아왔음을 나는 깨닫게 되었다. 올 봄에 또 그는 조심스럽게 내게 제의했다. 시집을 한 권 펴내고 싶다는. 그때 나는 주저하지 않고 용기를 주었다. 그래, 좋은 시집이 될 거야.

여기 이 한권의 시집은 그의 내면에 오래오래 가두어졌던 봇물이 일시에 터진 삶의 모습이다. 산을 사랑하고 고향을 그리워하며 가족을 따뜻이 바라보는 한 사람의 뜨거운 일기인 것이다. 나는 그의 시를 읽으면서 그의 인생을 읽는다. 그것은 또한 우리 모두의 인생일 수 있다.

전상열은 이 시집을 내놓으면서 먼 옛날의 소년처럼 볼이 발갛게 상기되었을지도 모른다. 나도 그 어린 시절을 그리워하며 친구 시인이 하나 생겼음을 무한히 자랑스럽게 생각한다.

■ **작가의글**

　이해할 수 없는 추상화처럼 하얀 종이 위에 엉뚱한 그림을 그리며 살아온 날들이었습니다. 벅찬 행복까지는 아니더라도 그저 무난한 삶을 바라며 살았습니다. 그런데 그게 그리 간단한 일만은 아니었습니다.

　몸이 아파도 드러누워서는 안 되는 나날이었습니다. 일개미처럼 늘상 분주해야 했습니다. 일이라는 생활의 리듬이 깨어지면 삶 자체가 흔들릴 절박함이었습니다. 깊은 밤이 거기 서 있었습니다 항상.

　지난 주말 가까운 산에 올랐습니다. 붉은 단풍과 흰 갈대꽃들이 가을을 향도하고 있었습니다.

　가을은 이루는 계절입니다. 그 가을에 지천명의 고개에 시집을 냅니다. 준수한 풍채도 우렁찬 고함도 아닐 것입니다. 부끄러운 마음뿐입니다. 얼마큼 읽는 즐거움을 느끼도록 나의 가슴을 풀어놓았는지 걱정이 한아름입니다. 분주함 속에서 건져 올린 한 편씩의 글이기에 스스로 애착이 갈 따름입니다.

　한 알의 사과가 어찌 농부 한 사람의 땀만으로 영글었겠습니까. 때맞춘 단비와 알맞은 햇빛, 벌나비의 화분 수정 등 도움의 손길이 있어서 가능하였을 것입니다.

　바른 글로 인도해 준 최돈선 형, 표지와 본문 컷, 제자를 맡아주신 이외수 선배님, 詩山의 여러 동인님들, 고운 책으로 엮어주신 등불 출판사 직원 모두에게 깊은 감사를 드립니다.

　'깊은 밤이 거기 서 있지만' 새벽은 오고 곧 날이 샐 것입니다. 돈선 형의 말처럼 나의 볼이 발갛게 상기됨을 느낍니다. 열심히 시를 사랑하고 세상을 껴안는 사람으로 살겠습니다.

1996년 10월

전 상 열

발문

제3부

겨울 나비를 보시려거든

제4부

그래 그래, 삶이란 건

서평

네가 있어 이 세상
오래도록 머물고 싶다

손때 묻은 병풍과 같은 것이
펼치면 마음이 향긋해지고
차가운 바람막이가 되고
행여 몸에 상처가 나면
내 몸처럼 아려오며
너무 환한 빛일 땐
은은히 가려 주고
저만큼에서도
예감하는 너

그대는 언제나

그때 내 마음 울렁이며 가듯이
지금도 강물은 달빛 안고 흐르네
그 입술 그 혀 속삭이던 사랑
밤하늘 별빛 되어 내 가슴에 남아
흰 모래 조약돌 그 여름밤을
내 어이 잊을까
그대는 떠나도 그리움은 영원해
뒷동산 큰 바위 우윳빛 눈물
그 강물에 바람은 불어오고
바람은 물결이 되고
바람은 세차서
우리의 사랑을 가른다 하여도
그대는 언제나 내 마음에 있네

하늘 땅 만큼

가슴이 메마른 사람에게라면
따스한 말 한 마디 던져 주세요

손이 차가운 사람에게라면
살포시 그 손을 잡아 주세요

벌판 같이 텅 빈 마음에게는
나지막하게 사랑한다고 말해 주세요

깊은 밤이 거기 서 있지만
무거운 구름이 저기 머물러 있지만
이 세상에 변하지 않는 건 하나도 없어

잠시 후 어둠이 걷히고
구름도 물러나고 나면
하얀 얼굴로 웃어 주세요

그리고는
따스한 말 한 마디 던져 주세요
하늘 땅 만큼 사랑한다고.

바람

그대는 먼 데서 오는 게 아니고
항상 내 옆에서 서성이죠.
나는 알고 있어요 그대의 마음을
그리움에 타고만 휑한 가슴에
비집고 들어와 일렁거림을
속사랑함이여
은밀한 마음이야 내 알련만
얼굴없는 그대 모습 안타까워서
그대는 끝끝내 내게
그대의 모습을 안 보이는군요

내가 너라면, 네가 나라면

불볕 태양을 가로막아
서늘한 바람으로
걸러내는 나뭇잎
내가 너라면

철마다 새옷 갈아입어
행복어(語) 가득한
그림 엽서처럼
보기에 좋은 나뭇잎
네가 나라면

햇빛과 바람을 잘 쟁여
둥치와 열매를
책임지는 나뭇잎
내가 너라면

바람을 반겨 춤이 되고
춤이 되어 바람을 인정해 주며
한세상 다 이루고는 미련없이
떠나가는 나뭇잎
네가 나라면

나는 너에게 반했어

나는 너에게 반했어
곱게 그려내는 산(山)그림에 반했어
철따라 새 물감 덧칠하는
네 솜씨에 반했어

나는 너에게 반했어
정답게 두런대는 산(山)소리에 반했어
철따라 맛 다른 소리하는
네 음성에 반했어

나는 너에게 반했어
상큼 풍겨내는 산(山)내음에 반했어
꽃따라 딴 내음 풍기는
네 향기에 반했어

나는 너에게 반했어
얼쑤 으쓱이는 어깨춤에 반했어
바람따라 저절로 흔들리는
네 춤사위에 반했어.

첫사랑

해당화 꽃잎을 따면서
강버들 낮추 피인 들길 따라
무르익은 봄길 걸어 이 몸 찾던
그대는.

망월의 달빛 아래 오이 같은
입맞춤으로 새벽강 이슬에
함께 젖었던
그대는.

삽삽한 바람을 맞으면서
코스모스 분홍으로 나부끼는
꽃밭에서 꽃이파리 같은
웃음을 자잔히 뿌리던
그대는.

안개 많은 강가에 살아
우욱우욱 다가오는 아픔 속에도
그만큼은 이루고 살았다는
그대는.

근데,
속아 산 세월이 서럽다는
그대는.

해당화 붉은 열매를 따선
한 알 두 알 색실에 꿰면서
황혼의 낙엽길을
옛 그림자와 걸으면서
솔베이그 송을 부르는
그대는

아름다운
그대는.

사랑의 작은 불씨

등산을 간다거나
낚시를 간다거나
낯선 곳, 외진 데 갈 때는
구급약품을 준비하지요

지금은
골목마다 약국이고
마을마다 병원이고
전화 한 통이면
119구급대 달려오는
좋은 세상이지만

예전엔 어디 그러했나요
집집마다
깨지고 멍든 데 대비하여
아까 정기 옥도 정기를
토사 곽란 대비하여
토종벌 꿀단지를
신주 단지처럼 모셨지요

지금처럼 좋아진 세상이지만
이처럼 편리해진 세월이지만
늦은 밤 샷다 내린 약국 문
두드리기보다는

구급함 하나 마련해야겠네요

그게 바로
분홍빛 사랑심일 테지요
사랑의 작은 불씨일 테지요

당신을 뵈옵던 날

당신을 뵈옵던 날
귀까지 입을 찢어도 좋았으련만
짐짓 미소로 맞고
속으로 펑펑 울었습니다.

당신을 뵈옵던 날
으드득 안아도 좋았으련만
겨우 손잡아 맞고
속으로 엉엉 울었습니다.

하도 먼 기다림이어서였나요
너무 긴 아쉬움이어서였나요

당신을 뵈옵던 날
너무 억울하여서
속으로만 대구대구 서러워
마른 울음 울고 또 울었습니다.

사랑의 냄비

불길 위에서
밤새 입김을 토하는

끓어도 끓어도 한없는
사랑의 용기(用器).

금줄이 쳐지고
밤과 낮 그리 갔어도

불과 물의 연(緣) 앞에선
쇠심처럼 질기고도 질긴

암만 달궈도 달궈도
졸아붙지 않는 화수분.

사랑

다 가지고 싶지만
판도라의 상자처럼
무엇인가 하나는 남겨서
가꾸어 가면 아름다운 것.
웬만한 흠은
흉으로 보이지 않고
설사 커다란 결점이라도
고쳐가면 된다고 생각하는 것.
아무런 예고도 없이
초인종 눌러 깜짝 놀라
기뻐하는 너의 모습
보고 싶어도 꾹 눌러
참을 줄도 안다.
네가 있어 이 세상 오래도록
오래도록 머물고 싶다.

사랑의 등식

아무리 오래 전 일일지라도
원금으로 외우듯 선명한
것

아무리 사소한 얘기일지라도
망원경 속 물체처럼 뚜렷한
것

지나간 일들 반추하여 씹어도
곱씹어도 하나도 지루하지 않은
것

밥배 말배

사람이 목숨을
부지하는 덴
밥배를 채워야 하고
사랑이 사랑을
위하여서는

'사랑한다 사랑한다'

실핏줄 끝까지
말배를 채워야 한다.

어떤 이별

그대 그리워 찾아갔더니
아주 멀리 떠났다 하데요

그대 간 곳을 물었더니
잘 모르겠다 하데요

울면서 그냥 서 있었더니
그대 또한 울면서 떠났다 하데요

고목에 핀 꽃

보고 싶어서 가슴이 미어져도
마음을 가라앉혀야 했습니다

보듬고 싶어서 숯가마가 되어도
기다림으로 눅여야 했습니다

일찍 핀 꽃은 쉽게도 지고
고목에 핀 꽃이 더더욱 이쁩니다

바람이. 서성이면 꽃잎 지울지…….

사랑의 아픔

구름을 붙들겠다 하늘 더듬는
오이 넝쿨손
비록 나는 가슴이 아프지만
뻗어가는 너의 순을 지르고야 만다
잘리운 자리에 반짝이는
눈물 방울방울
나의 가슴 들어와 강물이 된다.

사랑이란 것이
헛된 가지 순지르며 가야함은
뒷날의 결실을 위해서다
마디마다 고통 뒤에 오는 기쁨
비록 지금은 가슴이 아프지만
탐스런 과실을 위해
오늘은 너의 일부를 잘라야 한다
완전한 사랑 위해 나는
번쩍이는 칼날을 들어야 한다.

아내

세상 얘기에 이웃 얘기에
진솔하다고 물끼 돌고
기쁘다고 글썽이고
슬퍼서 눈물 떨구는
어줍잖고
물끼 많은 여인.

밴댕이 속 닮은
이 엄청 잘난 바지의 주인
오래도록
세상 보고지라고
양배추즙에서
인삼으로
알로에즙까지
손에 묻히는
그런 아줌마.

가난 고개 넘으며
눈물 강물 건너며
숯덩이는 얼마이랴

딸 아이 하나
고추 둘
상장으로 도배하도록

잘나게 농사짓고

오늘도,
제 배 채울 시간 없어도
남의 배를 채워 주려
식당 주방 동동걸음
도마질 하더니
안즉 남은 일 하나
병중의 시아버님
골고루 찬 마련해
위함이로다.

아,
아플래야
아플 시간이 없는
아내여…….

사랑의 이름으로

사랑하는 나의 딸 인숙아
자랑스러운 나의 아들 세훈아 세범아
아빠가 세상 얘길 좀 하고 싶구나

우리들이 살아가는 세상은
너무나 비좁고 복잡해
마구 섞여서 떠밀려 가는구나
어디로 가는지 알고는 가는 건지

구경 중에 불구경 물구경이
젤이라는 올찮은 말 있지만서두
심심찮게 불구경을 하게 되더구나
빌딩이 주저앉고 가스가 폭발하고
아야 소리 한 번 못하고
생이별하는 이웃 너무나 많아
눈물 글썽인 때가 어디
한 두번 뿐이었어야 말이지
바다에서 육지에서 하늘에서
연거푸 생겨나는 슬픈 사건들
어른이란 게 너무 부끄럽구나

하지만 우리는 어쩔 수 없이
그 속에서 부대끼며
살 수밖에 없어, 이 아빠

사랑의 이름으로
우리 가정의 행복을
설계하여야겠구나

사랑하는 나의 아들 딸들아
건강하게 착하게만
자라주렴아

꽃 같은 한철을

아내는 여자입니다
여자는 꽃과 같습니다
꽃은 한철이 있습니다

여자의 사십대는
흐드러진 한철입니다

식당 영업 십년 세월간
그 흔한 스킨로션 하나
동동구리무 한 방울을
립스틱 한 줄 안 바른
아내입니다

모든 사물은 제자리에
놓여 있어야 한다고

화장품 냄새가 음식에
스며들어선 안된다 하며

그녀는 음식을 위하여
여자의 한철을
기꺼이 바쳤습니다

그대가 잡았던 나의 왼손

그만 돌아오시지요
묵은 풀잎을 젖히며 얼굴 내미는
새싹처럼
모습을 보이시지요
그대와 앉았던 바위끝에 돋아난
바위풀처럼
그만 돌아와 감싸 주시지요
손끝에 남아 있는 그대의 사랑
차마 휘발되어 바람결에 묻혀 버리기 전에

그대가 잡았던 나의 왼손을
오른손으로 만지면서
푸른 강 위 물새 한 마리
날개짓에 묻어 있는
하얀 슬픔을 읽습니다

그만 돌아오시지요 그러고는
나의 오른손을 거두게 하시고
나의 왼손을 다시 잡아 주시지요

내 친구 최돈선

까마득한 무료의 어느 날 관동 명주
경월(鏡月) 소주 새끼 한 병으로
마른 멸치 몇 마리로 우리는
막막 앞날 근심했네
마음이 무거워선가
받지 않는 술 억지로 마시며
월경이란 소주를 씹으며 게우며
그늘 하나 없는 민둥산 더듬어 내렸네

주름처럼 긴 세월이 가고
다시 만난
개밥바라기 떠오른 저녁에
멍석 같은 하늘 별이 총총한 봄밤에
"하늘에 별이 많군
친구야, 시(詩)가 쓰고 싶어"
조심스러움이었어
"어, 그래 저 하늘에 숨어 있는
너의 별 찾아 봐. 도가니 속 한(恨)의
덩어리, 좋은 글 나올 거야"

찔레꽃이 다시 핀 한 해 동안
내 작은 정원에 심어 가꾸느라
애면글면한 나무들,
짧은 토씨 한 마디 덧붙이지 않고

전지(剪枝)하고 철사 걸어
수형(樹型)을 잡아 준
송이 같은 향내 나는 내 친구

아, 남근(男根) 같은 모습으로
새벽 대지를 밀어올리며 솟구치는
햇송이 같은 시(詩)를
실어보내고 싶어라
이 찬란한 오월에
봄냇가 별천지의 내 친구에게.

친구

손때 묻은 병풍과 같은 것이
펼치면 마음이 향긋해지고
차가운 바람막이가 되고
행여 몸에 상처가 나면
내 몸처럼 아려오며
너무 환한 빛일 땐
은은히 가려 주고
저만큼에서도
예감하는 너
저만큼에서도
은은히 가려 주고
너무 환한 빛일 땐
내 몸처럼 아려오며
행여 몸에 상처가 나면
차가운 바람막이가 되고
펼치면 마음이 향긋해지고
손때 묻은 병풍과 같은 것이.

제2부

가슴 속 묶어둔 새 한마리
훨훨 날려보내리

마음에 우울함이 있다면
어깨를 움츠릴 게 아니라
넓은 들판으로 나가
들꽃향 섞인 바람으로
가슴 적셔볼 일이다.
아니면 바다의 옆에 서서
찰랑이는 파도소리로
가슴 식혀볼 일이다.

사랑의 시(詩)를 읽고

사랑의 시를 읽었어요 어쩜
내 마음을
그대로 그렸는지요
내게 보이던 당신의 웃음
그 웃음이 마지막이
될 것 같은 예감에
사시나무처럼 진저리를 치며
뒷모습을 보였던 나입니다
어쩜 그 시인은 나의 마음을
그대로 읽어버렸는지요
짧은 순간의 이별일지라도
가슴에 피멍을 지우는
일이라고요 그래요 꼭 맞아요
꼭 그랬어요 만나는 순간에
헤어짐을 예감하는
꽃이 피는 순간에 져야함을
서글퍼하는
어떻게 될지 모르는
우리들의 운명
미래를 알면 인생이 재미없다고
누군가가 말을 했지만

시인(詩人)을 꿈꾼다

이별한 산골짜기에서 멀리멀리 굴러온 돌멩이
물살에 채이고 여들에 달각달각 수마(水磨)된
몸뚱일 만져 본다 먼 길 온 몸일수록
이웃이웃 부대껴 산 몸일수록
부러움 사는 매끄러운 살결

눈틔워 자라난 벼랑 끝 아찔아찔 서 있는 고목
바람에 등 터지고 눈비에 척척 휘어진
가지를 바라본다 긴 날 견뎌온 몸일수록
숱한 눈 바람 맞아온 몸일수록
감탄을 받는 거친 살결

긴 강의 끝에서 온몸을 강심에 던진다
얼마나 더 뼈를 깎는 아픔 뒤에야
하나의 뼈바늘로 태어날 수 있을까
그 뼈바늘로 한 벌 옷을 지어낼 수 있을까

높은 산 벼랑에서 온몸으로 바위를 붙든다
얼마나 더 아슬한 고통 뒤에야
한 그루 항목으로 자라날 수 있을까
그 그늘로 한 줄기 바람을 일궈낼 수 있을까

어찌 보면 모두가 하나같이 시시해
가다 보면 모두가 너무너무 소중해

시시한 얘기는 시시한대로
소중한 얘기는 소중한대로
한지(韓紙)를 뜨듯이, 명주 옷을 짓듯이

강돌 보드란 알몸에 반짝반짝 빛 튕기는
고목 잔잔한 가지 끝 산득산득 빛 일구는
서리 같은
바람 같은

향 싼 종이 같은 시인을 꿈꾼다

시(詩) 세상

시어(詩語)를 고르는
고운 세상이랍니다.
소망(素望)하고 추구하는 나라는……
풀잎 이슬 같은 한 방울도
보석처럼 그립니다.
사랑의 눈으로 세상을 봅니다.
바람에 눕는 풀잎은
애처롭습니다.
일어서는 풀잎은 대견합니다.
보이는대로 그립니다.
자연스레 그립니다.
다정한 친구와 정담(情談)을
나누듯이 그립니다.
돌돌돌 흐르는 도랑물이어야 합니다.
한 줄기 바람이기도 하고
희미한 뭇별이 되기도 합니다.
웅장한 수석(水石)이기보다는
쬐그만 조약돌이길 원합니다.
빛 바랜 들풀 한 줄기
벌레 먹은 나뭇잎 한 장에
가슴 저려합니다.
여기는 시(詩)의 세상입니다.
그 안 세상을 기웃거리며
한 초로(初老)가 서 있습니다.

시국(詩國)

길 가다 발 부르터 돌아설까 봐
언제냔 듯 다진 마음 뒤집을까 봐
당신을 사모한다 소문냈지요
당신 없인 못산다고 떠들었지요

당신은 내게 너무 고고한 학(鶴)이어요
당신은 내게 무지 도도한 벽(壁)이어요
너무나 이리저리 피하지 마시어요
그렇게 주춤주춤 물러서지 마시어요

길 찾다 발 얼어 주저앉을까 봐
다부지게 세운 마음 무너질까 봐
당신을 사랑한다 퍼뜨렸지요
당신의 나라 살겠노라 다짐했지요

당신의 비밀 문은 어디 있나요
시국(詩國)의 비밀 열쇠는 어디 있나요

시조새

한 번은 크나큰 피울음을 토해 마셨어
피멍울은 정복판 가슴에 자리하고
전신으로 고통을 분배하였어
나중 깨달았을 때 피멍울은
작은 새의 거죽이었어
그 새는 점점 자라
시조새가 되었어
커다란 부리로 심장
을 쪼아먹는 아픔에
자지레한 상처들은
저절로 묻히고 오직
하나의 부리와 심장의
핏줄들이 대적하고 있었어
어둠의 그날에도 파도 같은 날개
바람 사이로 비치던 어두무레한 빛줄기 하나
새의 금빛 목댕기에서 솟아나오는 재생의 광채였어
큰 산을 넘으니 광활한 벌판이 그 끝 닿는 데
깊고 푸른 바다가 선혈의 수평선이 숨을
들먹이고 있었어 바다를 박찬 담대한
날개에 세 개의 발톱을 웅크리고
비상하고 있었어 새 살 돋는
여기 이 심장을 향해
시조새여……

고운 노래

내 마음
괜스리
서글퍼질 때

노랫가락
고요히
고운 노래 부르면

나도 몰래
슬며시
즐거움이 솟아나

산길

나무랑
꽃이랑
산새랑
담고 싶어

나랑
너랑
그랑
오르는 산길

안개랑
구름이랑
바람이랑
반기는 산길

별 1

그대는 너무 멀어
나는 갈 수가 없어

갈 수는 없어도
바라볼 수는 있어

만질 수는 없어도 사랑해
라고 말할 수는 있어

이만치나 오래끔
기다렸는데

언제까지 언제까지나
바라보아야만 하나요

별 2

나에게는 별이 하나 있습니다
오래도록 바라본 세월입니다.

나에게는 별이 하나 있습니다
혼자만이 우러른 세월입니다.

먹구름 하늘 가득하여도
하늘에 별이 암만 많아도

나만이 찾아낼 수 있는
긴 날을 쳐다본 얼굴입니다.

별 3

별 하나를 그리워했어 난.

저 한 망울의 동그란 가슴
저 한 망울의 눈빛
저 한 망울의 마음
저 한 망울의 고요
저 한 망울의 청초.

어디서
휘파람 같은 새소리라도
바람에 얹혀 오면
금세 구울러 내릴 듯한
한 망울의 정조와 기품과
애련을 그리워했어 난.

죽도록
별 하나를 그리워 했어 난
음계 같은 별, 박꽃 같은 별
동시 같은 별, 늪 같은 별
한없이 우는 미숙한 별
이슬처럼 젖어 있는 슬픈 별.

저리 조그만 해도
내게는 동이 같은 별.

그냥 놔 두지

하고 싶은 대로
울고 싶은 대로
그냥 놔 두지

제발 그냥 보내 주지
가고픈 대로 가게

살고픈 대로 살게
제발 그냥 놔 두지

하고 싶은 대로
웃고 싶은 대로
그냥 놔 두지

하루

오늘 하루 태양이
하늘을 가르고 졌습니다
오늘 저녁 달빛이
밤 하늘을 가르고 떠오릅니다

오늘 이 하루
얼마나 많은 사람들이
서로의 사이에 금을 긋고
무지력한 앙금을 싸안은 채
저 마다의 둥지로
돌아갔을까요

오늘 이 한 밤 작은 별들은
아무런 금도 긋지 않고
밤 하늘을 가르지도 않고
좁쌀만한 애먼 소리도
늘어놓지 않고
서로가 서로를 당기며
빙긋빙긋 웃고만 있습니다.

어떤 인생

전쟁터에 가 보셨나요
죽음의 문턱에 서 보셨나요

사랑을 해 보셨나요
이별을 해 보셨나요

형제 자매를 잃어 보셨나요
친구를 잃어 보셨나요

자식을 가슴에 묻어 보셨나요
부모를 땅에 묻어 보셨나요

담배를 끊어 보셨나요
술로 추락해 보셨나요

직장을 잃어 보셨나요
춥고 배고파 보셨나요

종교를 버려 보셨나요
남의 여자를 사랑해 보셨나요

홍등가에 가 보셨나요
징역질 가 보셨나요

자살을 기도해 보셨나요
살상 경험은 있으셨나요

산에 올라 보셨나요
바다에 나가 보셨나요

웃어 보셨나요
울어 보셨나요

시(詩)를 읽어 보셨나요
시(詩)를 써 보셨나요

염원

흔들리며 걸어왔지
바람 맞으며 강 건너왔지
그만한 세월이 흐른 뒤에
밤하늘 별만큼 총총한 그리움을
가슴 봉가운데 티눈처럼 묻어 두고
바람처럼 물결처럼
너풀너풀 예까지 와
강심(江心)을 보고 있지
넌출진 잿빛 나날 모습의 묶음들일랑
흐르는 물살에 띄워 보내고
둥근 돌멩이로 번갈아
물수제비를 뜨는 그대와 나는
마음의 속내를 햇살 위에 펼치우며
경과한 아쉬움 봉창해야지
건너 뛴 강폭보다 더 두터이 몰입해야지
비록 광채의 살갗 아니라 해도
잰 걸음의 젊음 사라졌대도
만인의 웃음가마리 된다 해도
넘어온 산맥보다 더 겹겹이 쌓아야지
쑥새처럼 머리깃을 세우고
하늘이고 바다가 되어 서로의 가슴에
피멍으로 박히운 사금파리 삭히고
바람처럼 강물처럼 션하게 살다가 살다가
가야지 가야겠네

그리만 된다면
내 사백사병(四百四病) 다 앓고
사백오병(四百五病)으로 간대도
바람꽃처럼
뽀얀 웃음 웃으며 갈 작정이지
떠날 마음이지

인생 다시 쓰기

장년의 발걸음에는 위엄이 서리고
푸른 언덕 위에는 온갖 꽃이
화서로 피는 그림 같은 저택에서
멘델스존의 감미로운 음악에 취해
초대 받은 사람들에 둘러싸여
향기나는 음식을 집으면서
사랑의 이야기 웃음꽃을 수국처럼
피우고 싶은 게 탈이었습니다.
희망사항으로 머물러 있으면
한결 아름다웠을 것을
집 들머리에는 칠보 무지개가
매일 떠 있어야 하고 영원히 불꽃이
번쩍여야 한다는 욕망에 문제가
있었습니다.
덫에 걸려 다 파먹혀 버린 텅 빈 심장
텅 비어 있으면 오히려, 남에겐
아름답게 보이고, 자신에겐
고요함이 있다듯이
본래의 모습으로 돌아가려고
애를 써 보기도 했습니다.
곪았던 자리에 메쓰를 대어
새살 돋으면 잘 아물려 가야 할 자리
만년필에 잉크를 새로 채우듯
일단 채울 일입니다.

이제까지 못다 피운 인생
미끄러지듯 솔솔 써 나갈 일입니다
푸르게 푸르게 키워 볼 일입니다.

책과 사람

당신은 나를 사랑하십니다
당신은 나의 머리끝부터 발끝까지
사랑스런 눈길로 바라보십니다

당신은 나를 애무하십니다
당신은 나의 얼굴부터 속살까지
인두 같은 더운 손길로 애무하십니다

당신은 나를 태워 버리십니다
나의 온몸은 훨훨 타올라
당신의 혈관에 역광으로 스며들어
세상 길 환하게 밝히고야 말 것입니다

산과 바다처럼 서늘하고
넓은 가슴을 가진 이가
공들여 나를 만드셨으니
당신의 닮은 꼴들을 위하여
나는 나를 송두리째 드리렵니다

마음을 열 때

마음에 우울함이 있다면
어깨를 움츠릴 게 아니라
넓은 들판으로 나가
들꽃향 섞인 바람으로
가슴 적셔 볼 일이다.
아니면 바다의 옆에 서서
찰랑이는 파도 소리로
가슴 식혀 볼 일이다.
누구를 향한 울분이 있다면
민들레 꽃씨처럼
둥둥 날려 보낼 일이다.
고여 있는 늪처럼 썩어갈 게 아니라
한 귀퉁이 물꼬를 틔울 일이다.
가슴 속 묶어둔 새 한마리
훨훨 날려 보낼 일이다.

길

살아오면서 무수한 길을 걸었어요 손금처럼 예정된 길을
걸을 때는 그 길 벗어나려 용을 써 보기도 하고 꿈결 같
은 꽃길을 걸을 때는 영원히 밤이 새지 않았으면 미련을
부리기도 했지요 그러한 웃음길이 잔물결처럼 오고 또
오더냐구요 웬걸요 다시 생각해 보면 그런 날이 있기는
어디 있었는가 싶기도 하고요 산모롱이 돌아가며 사라진
길을 보면 거긴 그냥 낭떠러지 아닐까 두려웁고요 실빈
같은 오솔길 걸으면서는 이슬에 채여 무거워진 바짓가랑
이를 끌며 돌아오거나 도깨비바늘 같은 잡초 씨를 잔뜩
달고 와 그걸 뜯어내느라 반나절씩이나 허비하기도 했지
요 길은 어디에나 나 있었어요 그런데도 나는 어디에서
도 한길 같은 길을 찾을 수가 없었어요 모두들 희희 낙
락 잘도 걷고 뛰는 길이더만요 아주 오래 강물이 흐르고
그 강이 바다로 안개로 구름으로 형상을 바꾸어 드디어
는 빗물이 되어 무수한 꽃잎과 나뭇잎으로 오고 간 뒤에
야 어렴풋이 가야 할 길이 보이는 듯 했어요 하나의 산
을 오르는 데도 몇 개의 등산로가 있지요 얼마나 많은
산객의 발길 뒤에야 길 하나씩 트였을까요 지금도 먼길
나서려면 막연히 길에 대한 두려움이 앞질러 집 앞 골목
을 서성거려요 길 위에 서서 길을 더듬고 길을 걸으며
사람의 길을 생각하지요 수천 수만 마리의 되새떼를 보
아요 길 없는 길을 저리도 시끌벅적하게 날면서도 서로
가 부딪쳐 추락하는 걸 보았나요 바람은 또 어떻고요 이
구석 저 구석 참견하며 향기를 실어나르고 잎새마다 다

가가 춤바람 일구면서도 제 길 없다 투덜거리길 하나요
그런데 나는 아직도 길 위에서 서성이고 길이란 말만 나
와도 괜히 가슴이 두근거려요 눈에놀이같이 몰려다니는
가랑잎이 버석거리며 깊은 곳으로 길을 끌고 가요 바람
이 휘휘 바짓단을 치고는 길을 떠나요

가붓한 몸

내리는 빗물 거지반 흘러내려도
산은 푸르게 숲을 키우고
퍼 주는 물 슬쩍 몸만 적셔도
미끈한 몸매로 자라는 콩나물
많이 가진다는 건
지고 갈 짐이 많다는 것.
웬만큼 버리면서 살면
간편한 세상인 것을
얼마쯤 잊으면서 살면
가붓한 몸인 것을.
적당히 버리면서 잊으면서
살 것이다.

푸캇산의 구름

알랑미의 땅,
안남성(省) 푸캇군(郡) 깐민면(面) 야탄리(里)에
융기하여 웅크린 푸캇산.
다들 전쟁을 치뤄내느라 입술 바싹 타들어가고
서로의 명줄에 방아쇠를 당기며
원시와 문명이 한 치 양보 없이 피비린내를 요구하는데
황색 가루비를 뿌린 정글은 죽음의 빛.
그러해도, 그 산정에 등줄기에 유방 고지에 피어 오르던
하얀 구름은 자유이고, 평온이었다. 산 뒤켠은
곡창지대 고보이 평야, 대숲 마을들은 소개(疏開)를 하여
무인 지경, 모기떼들도 제 나라 제 땅 지키겠구고
총 대신 독침으로 육박하며 'GO HOME!'을 외쳐댔다.
산복 파고들던 V.C.들에 쏟아부은 포연은
새벽 안개에 섞여 영혼 어린 구름으로 피어나고.
들꽃 같던 마을 의사 따님 꾸이야
그 홍역의 회오리바람을 슬기롭게 피했다면
지금쯤 어엿한 중년 꽃으로 피었겠구나
북의 오라버니 남의 오라비 뜨거운 눈물도 보았겠구나.
그 산 품 속에 애꿎은 피의 천신 그리 많이 했어도
산 위를 흐르던 구름은 고향산 위 구름에 진배 없었다.
장마 끝 뭉게구름 바라보며
푸캇산 흐르던 구름을 생각한다
모두 다 뭉그러지는데도
자유이고 평온이던 너……

제3부

겨울 나비를 보시려거든

겨울 속 풀잎처럼 남루한 가슴이라면
구르는 낙엽처럼 메마른 마음이라면
찻집 항아리에 가 보세요
창가에 앉아 보세요
호수에 물나비 뛰고
하늘엔 은나비 날 거예요
항아리 가득 아쉬움을 묻어 두고
가슴엔 가득히 나비를 채우고 오세요

고향산

나는 산을 사랑해
산에서 살고 싶어
나는 고향이 그리워
고향산이 보고 싶어.

고향은 천리길
너무너무 멀어서
고향 가는 마음으로
산에 산에 오른다.

고스란하여라
고향의 호숫가
간잔지런하여라
속눈썹의 고향산.

농가의 가을

콩이 튄다 콩밭으로
깨 쏟아진다 깨밭으로
무서리 내릴라 고추밭으로

당나귀
귀 빼고 뭐 빼고 나면
먹을 거 없듯이,
가을걷이
다 해 봐야
장(醬) 값이 빠듯할 텐데

그래도,
해마다 이맘때 되면
부지깽이마저
부리고 싶어진다.

대처(大處)에 숨은 누이

삑삑이 풀·시금·중딸기 지천인 도랑가. 까까머리 우리 또래보단 모가지 하나는 더 있는, 버짐 피고 가칠하던 포성에 묻어온 단발머리 누이. 푸르죽한 적삼 붉으죽한 몽당 홑치마가 무논에 드나는 무당 개구리의 몸으로 그리워진다.

들큼한 속살 잘근대던 옥수수 대궁으로 몽당 홑치마 걷어 올리면서 '알라리 깔라리 난 봤지 난 봤지' 울리던 소견머리. 십리 밖에 사랑을 두고, 애련을 더듬던 고왔던 순이 어매 타이름의 음성에 비산(飛散)하던 악동들.

주름살 어매 홀로이 두고, 대처에 숨어 버린 봉긋한 젖 냄새의 쬐그만 얼굴, 옥수수 대궁으로 장난치는 치맛자락을 아래로 아래로 끌어내리며 '그러지마 그러지마' 작은 소리로 슬피 울던 가녀렸던 시골 누이가, 송홧가루 노란 하늘 멀리 소쩍새 울음 가득히 핏줄 속에 살아온다.

이 봄, 아지랑이에 실려온 눈감은 순이 어매 여든 세월이 먼 바다 해류처럼 아뜩히 가슴을 적시운다. 들녘의 바람이 달달해져 아지랑이 날아댕기는 이 봄에, 귀밑머리 희끗이 돋아나는 이 날에……

인제(麟蹄) 가는 길

인천 부평(富平)에서
인제 부평(富坪)쪽으로 가는 길은
강줄기만 따라가면
닿을 수 있다

한강(漢江)에서 소양강(昭陽江)으로
소양강(昭陽江)에서 북한강(北漢江)으로
애초 한 끈으로 흐르는 걸
무슨 강 무슨 강
몇 동강을 내 버렸다

내 고향 인제는
지리산(智異山)에서 태백산(太白山)으로
설악산(雪嶽山)에서 백두산(白頭山) 가는
당초 한 대간(大幹)의 길목이다

‘인제 가면 언제 오나
원통해서 못 살겠네’
라던 산읍(山邑)이

‘인제(麟蹄) 한 번 못 가면
원통(元通)에서 어이하나
고성(高城)에서 소리치면
휴전선 안 뭉개질까‘

라고 기분좋게 바뀌었다

인제 부평(富坪)에서
인천 부평(富平) 쪽으로 이르는 길은
예전처럼
산 소식 산 애기 실어 오는
뗏목 길이나 뚫렸으면

만수선(滿水線) 사람들

고가(古家)를 헐어내어
산 빈달에 올려다 보금자리 친,
그 땅 그 하늘을 벗어나면
죽는 줄만 알아
모두가 어디론지 떠나는 마당에도
물밑에 깔리는 고향을 바라보며
핑 도는 눈물일랑 눈깜짝임으로 삭혀,
마지못해 이삿짐 싸고
등 떼밀려 떠나갔다.

설악산 길목에 부자 들판(富坪里)은
이제 물고기가 자유롭고
철새가 평화로워,
물 빠진 들판에 모종을
옥시기 씨앗은 헐어낸 집터에
산동 밭에 김품을 팔고
산채 꺾어 도회에 낸다
겨울철엔 빙어잡이
더러는 내수면(內水面) 어부가 되었다.

안개처럼 피어나는 자식 걱정
무소식이 희소식이라며
섭섭함 달래는
어찌할 수 없는 이 땅의 증인

다랑치 논배미 논뚝들 만치나
여러겹 주름진 모습의 얼굴이
가뭄 끝 논바닥 같은 손바닥이
싸잡아 아리게 다가온다.

차라리 항시 만수(滿水)라도 된다면
낚시터 뒷전이라도 보련만
물러난 물끝 뒤돌아서지 않는다면
덜 불안케 씨앗 묻으련만
만수선 사람들은
물 같이 촉촉촉 젖노란다
바람 같이 허허허 사노란다.

봄비

겨우내 하늘가
서성거리더니
세상을 깨우려
중얼거리며 온다

언제는 속절없이
비바람 불어
알몸 속살 까발리더니
새 옷을 갈아 입히려
연둣빛 조르며 온다

이 은근한 보리성(菩提聲)
저 나붓한 행보(行步)

민들레

서산에 숨은 달
내 찾았더니
환하게 돌담 밑에
웃고 있구나.

세상에 구름 들어
어두웁더니
오롯이 예저기
밝히는구나.

웃음 심자 떠나네
어딜 밝힐까
꽃씨 온 덴 어디메나
청치마 차림.

강물

항상 그렇게 흘러갔습니다
한 곳에 머물고 싶었지만
언뜻언뜻 그리운 얼굴 강변에 스쳤지만
끝내 흘러갔습니다

항상 아파하며 떠나갔습니다
얕은 물처럼 소리쳐 울고도 싶었지만
멈춰 달라 누군가에 빌고도 싶었지만
결국은 눈물 뿌리며 떠나갔습니다.

뒷모습으로
뒷모습으로
늘상 떠밀려 갔습니다.

고요한
고요한 호수
난, 서 있는
물이고 싶었습니다.

한 송이 외로운 들꽃은

울 안 가득한
장미는
한 사람이 바라보며 웃고

한 송이 외로운
들꽃은
모든 가슴 들어가 환하다.

금 근 산 아래
강가에는
긴 둑이 물길 따라가고

임자없는 언덕 위
찔레나무는
봄마다 뭇가슴에 꽃을 심는다.

들풀

한 점 바람이 불면
아, 바람이 여기 있었구나
한가닥 물소리 들리면
아, 냇물이 저기 있었구나
우연히 고개 들었을 때
시원한 가슴으로 반겨 주는 하늘
어둔 귀가길 가느다란 빛으로
발길 인도하는 하늘의 별무리
들판에는 그저, 저들과 같이
서늘한 마음 하나로 살다가
작은 꽃 몇 송이씩으로 서성이다가
한 세상 오고 간 징표로
꽃씨 풀씨 몸가에 슬쩍 떨궈놓고
중동이나 밑둥 꺾어진
대궁으로 아득한 쉼표 찍는
들풀이 가득해
연둣빛 진초록 풋풋한
융단의 밑그림 그리며
치장 않은 옷차림으로
낮은 데를 부둥켜 지키는
대지의 파수꾼, 세상의 들풀.

목화꽃

꽃이 지는 건
바람의 간섭 때문이 아니지
꽃의 향기가 스러지는 건
나비의 날개짓 때문이 아니지.

바람은
꽃을 피울 줄은 알아도
오래오래 간직할 줄은 몰라서지
나비는
꽃을 사랑할 줄은 알아도
향기를 지킬 줄은 몰라서지.

목화꽃이 두 번씩이나 피는 건
쉽게 피었다 쉽게 지는
세상의 모든 꽃들이 너무 아쉬워서지
깊은 가을 한 곁을
환하게 환하게 밝히고 싶어서지.

원추리꽃

여름 산길 어정거리는 외대궁 꽃
소리 안 나는 나팔을 띠따거리며
하루 낮 동안만 허락받은 이승을 산다.
하루살이만큼 열심히 살자고
고갱이 높이 뽑아 흔들거린다.
삭막한 저승길에 꺼내 보려고
이 세상 눈에 담아 저 세상 전하려고
이리 기웃 저리 갸웃
사진을 박는다.
소리없는 슬픈 웃음 ㅎㅎㅋㅋ 거리며

가을 바람 이는 날

가을 바람 이는 날은
묻어둔 모습에
목이 미어지는 날
모두들 바쁜 듯 제 갈 길을 떠나고
갖은 핑계로 자리를 뜨고
빈 자리만 횅한 들녘
가을이 이우는데
시드럭부드럭 풀꽃이 지는데
가을 바람 이는 날은
묻어 둔 추억에
가슴 미어지는 날

갈대

바람은 나에게
흔들리라 흔들리라 하면서
구비구비 고갯길 아래
들판으로 달려갑니다.

바람은 나에게
누우라 누우라 하면서
너울너울 파도를 타고
바다로 사라집니다.

이 숲 저 숲
기웃기웃 비 뿌리며
정 주는 구름처럼

바람은 나에게
일어서라 일어서라 하면서
여윈 내 볼을
간질이고 갑니다.

가을 빛

87

메뚜기 한 마리로도
예감할 수가 있다.
벼 배동바지 땐
풀빛 몸.
벼 이삭이 여물 땐
어김없이
금빛 몸.

가을 빛

낙엽 1

산길에 지는 낙엽
적멸(寂滅)에 드는 중임을
뉘라서 모르겠냐만

너무 가여운 맘 들어
책갈피에 고이 접어
가슴에 품어 봅니다만

낙엽 2

나는 꿈을 잃었네 저 산상(山上)에서
푸르름에 눈부시던 생명의 숨소리를……

수없이 밀려오는 빙화(氷花) 속에
괴롬도 설움도 모르던 나는
고원(高原)을 울고가는 까막을 불워하고

이제는 버려진 구르는 시체처럼
맞아줄 이 없는 영(嶺) 위에서
그는 어찌 날은 궂냐고

나는 꿈을 잃었네 저 산상(山上)에서
그리움에 타던 노을의 꿈을……

양수리에 갔습니다

양수리에 갔습니다. 실로 바다 같은 강이 거기 있었습니다. 강은 노상 바로 위 하늘의 낯빛을 닮은 그림을 그렸는데 그 넓은 강물이 황톳빛으로 뿌옇게 흘러갔습니다. 저뭇한 해거름에 강 건너 찻집들에 등불이 켜지고, 등불은 강물의 심장에 불기둥처럼 꽂혀, 강어귀로 꾸역꾸역 흘러 내려가는 강물에 영혼을 녹이듯 외로움을 풀어내고 있었습니다.

구름 비 우왕 좌왕하는 이런 날, 강가를 홀로 찾아가서는 못쓰겠습니다. 그러잖아도 서글픔인 마음에 저 아득한 강물이 가을비처럼 가슴 속 깊숙히 파고 들어와 자리를 잡을까 싶어섭니다.

강이 떠내려 갑니다. 수면에 흠집을 만들며 지우며 비가 내립니다. 바람이 강물을 따라갑니다. 마음은 또 그 바람을 뒤쫓습니다. 가만히 있는 것은 하나도 없습니다.

서 있는 듯한, 차라리 바람결에 상류로 거슬러 오르는 듯한 이 강물도 얼마간의 시간이 지나면 새 물이듯이, 천지간에 어느 것이라고 떠내려가지 않는 것 있겠습니까 강물에 눕습니다

아예 흐르는 강이 되어 하늘을 끌고 바다로 떠내려가겠습니다. 양수(羊水) 같은 바다에 나가 양수(陽樹)처럼 빛 끌어모아 은행나무 한 그루 실하게 가꾸면서 살겠습니다.

소양호에 가거든

고향에 가거든
호수에 가거든
당신의 고향을 깔고 앉은
소양호에 가거든
두 손을 물 속에 담가 보세요.
그래 자지러진 감촉으로
전해 온다면
당신이 뿌리운 옛 추억들이
물비늘되어 전설처럼
흐르겠거니 생각하세요

서성이는 당신의 발걸음은
펄럭이는 당신의 옷자락은
고향 그리는 영혼의 전율인지요.

겨울 나비를 보시려거든

어딘가 허전하거든 왜인지 외로웁거든
길을 떠나보세요 호수엘 가 보세요
깁 같은 물비늘이 오고 또 올 거예요
은잎 같은 잔물결이 일고지고 할 거예요.

언젠가가 아파와지면 누군가가 그리워지면
호수엘 가 보세요 청평호엘 가 보세요
감은 듯 뜬 듯 수면 위에 눈 없으면
뜬 듯 감은 듯 두 눈썹을 간즐기면
아득한 언젠가가 그리운 누군가가
눈썹엔 듯 호수엔 다가올 거예요.

겨울 나비를 보시려거든 은나비를 보시려거든
청평호엘 가 보세요 찻집 항아리엘 가 보세요.

겨울 속 풀잎처럼 남루한 가슴이라면
구르는 낙엽처럼 메마른 마음이라면
찻집 항아리에 가 보세요 창가에 앉아 보세요
호수에 물나비 뛰고 하늘엔 은나비 날 거예요.

항아리 가득히 아쉬움을 묻어 두고
가슴엔 가득히 나비를 채우고 오세요.

제방과 바꾼 아들

이 전설 듣고 속으로 울었어요

여름 어느 날
억수 장마가 들던 어느 날
어린 아들과 들일 마치고
돌아오던 길에
넓은 저수지를 가둔 제방에
아들 몸뚱이만한 구멍 뚫려
그냥 두면 마을 모두 절단 날 판
아들로 임시 구멍을 막고
마을 사람들을 불러온 새
힘부친 아들은 죽어

겨우겨우 제방은 건졌으나
눈에 넣어도 안 아픈 아들과
바꿨다는

하늘 푸르렀던 날에……

전설

목두기·도깨비·매구 왔다리갔다리 하는 두메나 산골
고향엘 가야지 이 여름에……

질경이 꽃씨 기름 짜 호롱불 밝히면 까마귀 고기 먹으면
귀신이 보여 개천가 아름드리 오리나무 숲엔 부슬부슬
비오는 저녁이면 도깨비불이 주루룩 주룩 퍼렇게 몰려다
녀 오싹하니 차운 이슥한 밤중 깊은 하늘 바다엔, 곡(哭)
하며 행상하는 꽃상여가 돛배처럼 유유히 서편 산마루를
넘어가 봄이 무르익어 진달래꽃 모다기모다기 자지러지
면 으레 꽃그늘엔 조막손 문딩이, 야들야들한 생간(生肝)
을 노려어

'딴딴 따다다 따다다다 따다다' 등너머 부대 나팔수에
몸 버린 이웃 누야 몸 던진 출렁다리 아래 깊은 소(沼)
엔, 애절한 처녀 울음이 날아댕기고 사금파리 유리조각
으로 싯뻘건 해 알몸을 보고 잔디 순 뽑아 입에 물고 눈
감고 하늘 보면 해 보인다더니, 입 속에 잔디씨 폭탄을
터뜨리고 다래끼 눈썹 뽑아 돌 지둘러 발거리 뱅애하고
일해봤어 이해봤어 십까지 세어보라더니, 누구는 뭐해봤
대요 놀리고 단발 머리 소녀들 바람만바람만 따르다 논
두렁 아래 쉬야하는 거 숨어서 보고는, 누구꺼 봤대요
누구 니노진 크대요 히히덕거리고오

W
X
Y

여체(女體)를 땅바닥에 음각(陰刻)하였지
Y자 고목 구멍 난 가운데 돌멩일 던져 넣으며 여식아들
생소(生疎)한 옹달샘 속내가 무척이나 궁금하더라니이

아! 덜 여물어 풍기던 비릿함이여
허기 메우던 아카시아 꽃잎이 비려
산나리 뿌럭지 비늘 조각이 비려
족대 속 버들치 꺽지 통가리 수수미꾸라지가 비려
후보름 하현 달빛에 서리한 개복숭아가 비려
미식기 벤또 까먹던 생(生)버드나무 젓가락이 비려
또래 단발 소녀들 스치우던 살내음이 비려어

물 비린내 해감대는 두 손가락에,
무서움은 머리카락 끝에 묻혀 와야지…….

제4부

그래 그래, 삶이란 건

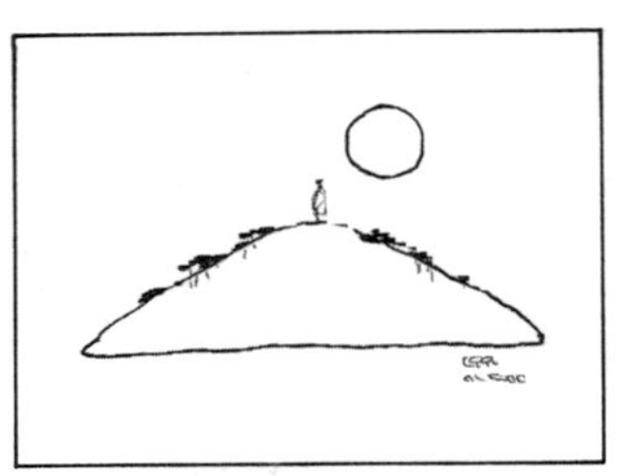

눈 같은 화선지 위에
당신이 지으신 그 세상을
감히 품고 갑니다
사랑이 가득한 세상을
두 손으로 받아
가슴에 깊숙히 담고 갑니다
한 마리 새가 되어 갑니다
빈 하늘 마음껏 날으라는 의미로 알고 갑니다.

자화상

유년 시절의 꿈은 대통령이었다
소년 시절의 꿈은 장군이었지
청년 시절의 꿈은 괜찮은
직업인이었어
장년 시절의 꿈은 흔들림 없는
가장 자리 고수인데
노년 장래의 꿈은 자식밥
고이 얻어먹고 사는 거라고
어느 친구가 푸념처럼 지껄이던 말

몸피는 자꾸만 불어나는데
나이는 겹겹이 나이테가 되는데
꿈의 형상은 도리어 키를 낮추더라고
찬물에 잠긴 꼬추처럼 오그라지더라고

그러고 보니 그게 남의 말 같지만 않아
가만히 뒤돌아보니 내 모습이더군

새치

세월의 저편 틈바귀에서
어정이다 어느 날 문득
누군가의 눈길에 잡혀서는
오지 말라 오지 말라
손 저어도
막무가내로 상륙하는 것

그 옛날
한 올 두 올 찾아 내던
아버지의 새치
오늘날
두 올 세 올 골라 내는
아들의 고사리 손

아서라, 그냥 놔 두렴
그가 있어 세월이
금은(金銀)임을 아는 것을

외수 형의 그림 한 점

토란 잎이 널따라니 하늘을
받치고 있습니다.
새 한 마리 토란 잎을
머리에 이고 있습니다.

당신은 말하였습니다.
'세상 궂은 일 가리우라는 뜻이지'

햇잎 같던 시절의 저편을
건너뛰어 눈 내리는 날 뵈었습니다.

눈 같은 화선지 위에
당신이 지으신 그 세상을
감히 품고 갑니다.
사랑이 가득한 세상을 두 손으로 받아
가슴에 깊숙히 담고 갑니다.

한 마리 새가 되어 갑니다.
눈비·비바람 물러가면
빈 하늘 마음껏 날으라는
의미로 알고 갑니다.

외수 형의 그림 한 점
고스란한 나의 인생입니다.

잡초

아무도 눈여겨 보지 않아요
우린 너무 흔하고 볼품 없잖아요
누구도 어여쁘다 쓰다듬지 않아요
우린 그리 이쁘고 귀엽지도 않잖아요.

뜬금없는 바람만 오며가며
우릴 누였다 세웠다 해요
하릴없는 빗줄기만 무득무득
우릴 가엾다 더듬다 가요

목부(牧夫)의 낫밥이 되어 발목이 잘리워도
들불에 온몸이 흔적없이 타 버려도
우린 어느 새 그 자리를 메우고 말아요.
우린 허전하면 살 수가 없어서요
외로운 게 싫어서 모여 살아요.

당신들이 짝이 되어 들길 걸을 때
두 손을 꼭 쥐고 가더군요
단단하고 음습한 땅 속 어둠에서
우린 서로를 다독이며 깍지를 껴요
당신들의, 우리의 터전을 지키려구요.

우리의 맘 속을 모를 리야 없겠지만
우리의 깊은 맘 헤아려 달라고도 않겠지만

식어가는 이 겨울에 죽은 듯 숨쉬지만

봄이 오면 파릇파릇 돋아날 거예요.

우리 옆에서 붓꽃이언정 으스대게요.

우리가 돋아나야 비로소 봄다울 테니까요

슬픈 낙엽

누군가를 생각하면 가슴 저려요
조금만 생각하여도 눈물이 나요

애시당초 어느 나뭇잎이라고
푸르지 않은 시절 없었겠나요
곱게 나부끼지 않은 시절 없었겠나요
봄이면 나비 날고 가을이면 숨듯이
아침에 해 돋고 황혼에 지듯이
구름이 비 되고 내린 비가 구름 되듯이
그저 그렇게 돌고 도는 게 이치란다면
할 말 없지만
그리 말하는 건 나는 싫어요

잃어버린 그 때가 너무 안타까워요
끊겨버린 그 세월이 너무 아쉬워요

가을 낙엽 생각하면 슬픔이 와요
남은 세월 짧다하니 눈물이 와요

달을 쳐다보면

달을 쳐다보면 가슴이 아픕니다.
달빛을 맞으면 마음이 저립니다.
달밤이 오면 삭신이 내려앉습니다.

서릿바람처럼 가슴 파고드는
저 달은 나에게 있어
바늘 끝입니다.
비수가 되기도 합니다.
창끝이기도 합니다.

아니,
달은 병균입니다.
바라만 보아도 가슴 저미는
스치기만 하여도 살을 에이는
대책이 서지 않는 연장날입니다.

분재 몇 그루

분재 몇 그루 길러 보니 알겠더라
이 세상에 쉬운 일 없다는 걸
사랑을 준만큼
되돌려 받는다는 걸
이 세상에 거저 되는 일 없다는 걸
맞아, 맞아 삶이란 건
분재 몇 그루 기르기 같은 거야
한 번 아차, 물주기 거르면
축 늘어지는 잎사귀 같은 거야
사랑하는 마음 아니면
나무 하나 곁에 둘 수 없다는 거야
친구 하나 옆에 앉힐 수 없다는 거야

마니산

물질 나간 서방 기둘리는 눈길

별밭을 옮긴 듯한
산다화 다문다문

북으론 백두산
남으론 한라산
정복판 옛 섬이 여기

사천년도 더 이전에
단군 왕검 피운 향
제 지내던 모습
참성단 언저리에 어른거리는데

이곳을 좀 와 보아요!
이 세상을
이리도 탁 트이게
이루어 놓으신
이야기를……

산길을 오르면서

산길을 오르면서
세상이 조금씩 보였다.
음표를 그려 넣는 오선지처럼
오르고 내리면서
한 곡조 악보가 완성되고
널찍한 아랫동네는
작은 가슴에 향기처럼 안겨왔다.
엉뚱한 이정표
잘못 접어든 발자국
낙엽 밑에 숨은 빙판
별 돋은 하산 길에 다 된 전지
어디선가 바라보는 젖은 눈
기도하는 가슴
기구하는 마음.

산길을 오르면서
세상이 조금씩 틔였다.
그래, 한 등성이만 올라도
골 몇 개 눈안에 들고
높다란 소나무 향나무가
산을 빛낸다지만
진달래 구절초 필 때
더 산이 그리웠다.
원추리 군락 나도개미자리 밭이

발길 멈춰 가라 하고
억새 갈대 잡초 뿌리가
얼기설기 산 거죽 껴안아
토사를 막아 주어,
산 몇 개만 올라도
세상 길 오롯이 트여 보였다.

그래 그래, 삶이라는 건
산길 오르기와 닮았더라
길 없는 길 오르듯
조심스러웁더라.

산(山) 얘기 1

내 어릴 적 앞대 피란살이 돌아와 아흔 아홉간 폐허 위
에 새 집 지려 큰 소나무 끊어다 사각주(四角柱) 켤 제,
원형 톱날 분지르며 퉁겨져 나오던 공비 같은 탄환이며
파편의 생채기는 세월의 결에 묻어 버리고, '어허라달구
야' '어허야 어허' 동아줄에 바윗돌 엮어 달빛 받아 집터
다지던 울력 다짐꾼의 몸짓은 여태까지 몸엣것처럼 어뜩
어뜩 그림으로 어른거리고 그날의 소리마저 산 품 속에
여과되어 솔바람으로 풀꽃 향기로 옛 집터서리를 떠돌아
다닌다.

산줄기들이 하늘로 오르자느니 마을로 내려가자느니 울
근불근 중에도 나무들은 팔 벌려 붉은 해를 가리키고,
물줄기는 저를 낳아 준 산의 크기 만큼 산곽(山郭) 사람
들의 산사랑 무게 만큼 흘러내리며 들판을 적시고 목젖
을 축이다가도 사정없이 마을 하나를 휩쓸어 생채기를
내고는 시치미를 뚝 떼기도 한다.

무성한 수풀에 길을 뚫고 바위샘 찾아 입맞춰 봉우리봉
우리 오르는 가슴 가슴은 사바(娑婆)에서 박이운 응어리
를, 산숲 언저리에 묻어 버리거나 등하산길에 뱀 개구리
녹이 듯 하거나 산등에 걸리운 구름에 얹어 새털구름이
흩어지듯 뭉개져 사라지기를 바란다.

먼 데 산은 그냥 형체일 뿐
바라만 보는 산은 그저 그림일 뿐
미쁜 산객의 거친 숨결 우직한 발길이 닿아야
산. 산. 산. 산이란다.

산(山) 얘기 2
—— 마지막 성채

산맥을 넘어선 바람은 언덕을 쓰다듬고 살피꽃밭을 밝히고 호수까지 내려와 빙어잡이 그물을 손질하는 어부의 옷섶에 숨었다가, 공중에 발자국을 찍으며 산등성이 돌아간 고니의 빈 자리를 메우려 솟아오른다.

바람은 선(先)캄브리아대(代) 어느 날 길 나선 이래 빈 데를 채우려 볼 부벼 서성인다 모든 족속들은 바람의 성화에 못 이기는 척 자궁을 벌려주나니, 한날 한시에 다가선 부빔에 꽃을 피우고 지운다 배부른 돛은 빈 몸뚱이 살찌우려 먼 길 가자하고, 아흔 아홉이 아쉬워 하나를 마저 채운 만선(滿船)은 귀항하지 않는다.

산은 높으면 높을수록 구름은 키를 낮추고 하늘이 널찍하다 산이 깊으면 깊을수록 바람은 한껏 투명하고 가슴이 밝아진다.

바람의 고향은 어드멘가?
하늘인가 바다인가 들판인가 산맥인가
산의 초입에서 입내만 맡아도 싱그러운 걸 보니 여기가 바로 바람의 고향인가보다.

너와 내가 눈 똑바로 떠 보살펴야 할 마지막 성채(城砦)
……

사다리 병창

흰 입성 즐기던 한아비 곱사니 대물림한 반도의 허리께
에서 우리네는 하늘가에 소소리 솟아 있는 비로봉을 우
러르니 쪽빛 하늘이 회오리처럼 눈동자에 쏟아져 담기었
습니다.

는개 닮은 산벗나무 꽃향기가 산곡에 흐드러지게 흘러
흐벅지게 피어질 때 노란 꽁무니바람 귀문을 흔들고, 가
람 쇠북소리는 골을 타고 오르다 겨웠던지 골물에 자맥
질해 미리내처럼 우렁우렁 부서져 내리고 있었습니다.

벼랑바위 끝에 멋스럽게 피어나던 참꽃은 시나브로 사위
고 초록의 나무새 골짝은 새댁의 볼 닮은 양, 철쭉꽃 무
더기 무더기 수줍게 붉어 있었습니다.

오름길 한참, 혈관의 액체에 가속이 붙고 배낭등은 가랑
비 맞은 꼴, 데워진 단김에 목젖으론 진양조 장단이 산
들 일었습니다.

심산단애로 길 없는 길, 인공 사다리 수직의 길이더니
중모리 북채에 호흡이 얼씨구 빨라지는 중에도 휘파람새
의 시김새에 귀청이 개운하고, 잎사귀 수만큼 쪼개진 하
늘 그 사이로는 눈송이처럼 빛가루 날아들고 있었습니
다.

산행길은 깊어져 중중모리 고개를 허이허이 넘는데 광야
에서 도움닫기로 오르는 골바람에 뭇 나뭇잎은 나비가
되고 길섶 풀들은 고개를 높이 빼내어 산정을 바라고 있
었습니다.

바람이 가벼워지고 산부리 구름이 한팔에 닿을 듯 말듯,
좋다!를 연발하던 악우들 수통이 가벼워지는지, 아니리
도 발림도 허위허위, 숨결은 자진머리 고개를 넘고 있었
습니다.

우리네는 만주벌을 향해 포효하는 범의 등에 오르고자
새벽 안개 걷어내며 저 아래 고을 들판 끝으로 달려와
태백산계 치악의 척추 그렇지 비로봉을 향한 마지막 휘
모리 장단에 젖먹이 힘까지 다 쓰고 있었습니다.

마침내 누에머리 오르니 좌우는 너덜경이요
남쪽 북쪽 멧줄기가 울멍덜멍 하였습니다.

하늘 바다에 산날이 잠기고 어느 산자락에는 구름이 가
락지로 걸리고 싱그러이 흐르는 산꽃 내음과 잎파랑이들
의 어우러짐에 잠시 어지럼 오더니 기스락에서 발원한
봄의 골바람에 우리네는 다시 우리네가 되었습니다.

범의 등에 두 발로 서서 머리께를 바라보며 그 너머 광
야를 그리워하던 고구려인 그 고구려인으로 살기로 붉은
잎 두견주에 마음을 담아 보았습니다.

산소 많이 마시고 내려가십니까 산인사에, 예 한껏 마시
고 한 배낭씩 짊어지고 갑니다. 뒷분들 몫은 남겨두었으
니 어서 오르시지요 화답하였습니다.

한 초로 산객의 또랑광대 소리에 맞춰 우리네 화창하니
사다리 절벽 치악에 사다리 병창이 산바람 되고 메아리
메아리 되어 앞질러 하산하고 있었습니다.

저 아래 기스락, 활 모양의 호미(虎尾)는 범머리 너머 저
편을 가리키며 털끝을 바짝 치켜들어 바라보고 있었습니
다.
*사다리 병창 : 치악산 등산로 중의 하나

양파를 까면서

누굴 위하여 눈물 글썽이나
하얗게 수줍은 꺼풀 벗기면
그대 떠난 빈 터에 뿌리던
눈물 같은 서러움이
아직까지 그리움 남아선가
윗단추 하나 못 벗긴
앞강변의 아쉬움 때문인가
먼 훗날 어느 하루 양파를 까면서
아아, 눈부심 눈시림
비늘처럼 떨어지는 서글픔
벗겨도 벗겨도 이렇게 아득한

정성

똑같은 재료일지언정
정성이란 고명을 얹으면
음식이 살아난다.

수수한 음식일지언정
구수한 인정을 띄우면
음식에 향이 난다.

부족한 솜씨일지언정
사랑이란 양념을 치면
음식에 빛이 난다.

구색

산에 들에 나가봅니다
수묵(水墨)의 계절은 쓸쓸하더군요
작은 벌레들마저
어디론가 떠나고 말아

다시
얼마 후

산에 들에 나가 섭니다
수채화(水彩畵)의 세상은 참 곱더군요
풀·꽃·나비·벌레
형형색색 어우러지고
안개·구름·새소리까지
아름다움을 보탭니다

너와 나 그리고
삼인칭의 그가 어우러진다는 건
식탁의 음식들이 구색(具色)을
맞춘다는 건
수채화를 그리는 마음입니다
번뜩이는 건강으로 가는
첫 발걸음입니다

어머니 말씀

당신의 말씀 안 들은 게
불찰이었어요

하늘을 오가는 구름
길가의 개미 행렬
물끼 묻은 바람결
하늘의 별빛 달무리
숲 속의 풀벌레 소리

그런 것만으로도
신통하게 내다보시던
당신의 말씀 모르는 척한 게
병이었어요

감기 몸살 안 해도 될 걸

당신 말씀 들었더라면
우산 하나 챙겼더라면

촛불 하나 성냥 한 개비

배고픈 설움
배고파 본 사람이 알고
과부 심정
홀아비가 안다고

어둠 속에서 더듬더듬
더듬어 본 이는
촛불 하나 성냥 한 개비
그 고마움 뒤늦게 깨달아

근친 봉송(覲親封送) 준비하듯
소중하게 챙길 줄 안다

가슴 졸인 세월

직장을 잃고 집이 날아가고
하루 세 끼를 걱정해야 할
춥고 배고픈 어두운 세월 살았습니다

그런중이라 글쎄
햇잎 같은 우리 아이들
예방 주사 한 가지 못 맞쳤지요

곰 같은 아빠
가련한 엄마였지요

아이들이 자라는 동안
부스럼 하나 나면 풍진인가
다리 조금 아프다면 소아마빈가
온통 방정맞은 마음
죄스런 마음으로 그 세월 살았습니다

별 탈없이 자라준 아이들 고마웁고요
큰 힘으로 지켜준 저 높은 데
계신 님 고마웁고요

준비성 없는 생활이었지요
부끄러운 애기입니다
가슴 졸인 세월입니다

술에 대하여

목울대 끌어올리고 내리며
위대(胃大)한 곳에 닿으면
금세
부어지는 간덩이 앞에
자그마해지는 세상
골백잔을 마셔도
'나 술 안 취했어' 하오시나
꼬부라진 혀
갈짓자 걸음을 어찌하누
골샌님은 한량으로
말더듬이는 달변가로
부푸는 풍선처럼
용기를 주는, 너는
안 되는 일도 되게 하고
되는 일도 안 되게 하는
도깨비 장물.

배부장 나리

'진지 드셨습니까'
끼니를 걱정해 주던 인사법은
전설로만 남아 있고
하루 몇 번이나 사랑을 나누냐가
대단한 게 아니라
홍콩엘 갔느냐 별나라엘 갔느냐가
중요하다던 누구처럼
얼마나 채울까가 문제가 아니라
무엇을 골라 먹을까가 중요한 이즘의 세태.
상대적 빈곤에 주눅든 몸
절대적 식욕으로 보충하다보니
어느 새 구두끈도 매기 힘든
배부장 나리.
아하, 이제야 알겠다
주말이면 산마다 등산로가 왜 비좁은지.

치맛 바람·부동산 바람
정치 바람·남녀 바람
바람이 많은 세상
바람 안 탈려면 묵직한 게 좋아.
길들여진 혀 늘어난 위를 어쩌랴
물찬 제비가 아니면 어떤가
공중을 나는 새만이 새라 하던가
하루종일 뒤뚱거리는 거위란들 어떤가.

통과의례

하나에 하나를 보태면
셋이나 넷이라고 우기거나
하나라고 잡아떼기도 하는 너는
사춘기.
모로 가도 서울만 가면 된다고
논설 푸는 물가에 나간 아이처럼
덜된 망아지처럼 불안스런
피가 거꾸로 돌아가는
못 말리는 사춘기.
별일 아닌데도
비죽비죽 나오는 웃음 못 참고
그러다 갑자기 울고도 싶어지고
무엇인가 야속하며
통째로 무의미해진다.
덜 영글어 떫은 맛뿐이거나
쉬 농익어 꼭지가 물러터지는
대책이 안 서는 감정의 조류
칠면조의 시절.

나 바람날 거야

얼마 전에 뒤꼍으로
막내 동생 내외가
조카딸 하나 걸리고
살러 왔다
큰집 작은집 어울려
통닭 파티 벌였는데
사촌 오라비 뻘 우리 작은 놈이

"진희야, 그 날개 먹지 마
날개 먹으면 바람 난대" 한다

그러자
"오빠야, 바람이 뭔대?
나 바람날 거야
나 날개 다 먹을 거다" 한다

천국이 먼 데 있지 않았다.

산과 인간의 하모니
그리고 감수성의 갈래들

산과 인간의 하모니 그리고 감수성의 갈래들

蔡 洙 永(시인, 문학평론가)

1. 시를 위한 길

시를 쓰는 이유는 시인 자신의 문제로 귀속되지만 그가 쓴 시는 결코 시인만의 소유물이 아니라 독자 혹은 시대와 공유하는 특징을 갖는다. 여기서 시인의 사명은 사회 속에서 어떻게 책무를 구현할 수 있는가의 한계를 설정하게 된다. 시인은 사회 속에서 감수성의 훈련을 통해 감동을 잉태하는 언어 표현의 미감을 창조해야 하고 의미를 전달하는 일정한 세계 창조의 임무를 수행하게 된다. 시인이 제작한 시는 그만의 개성을 가지고 있다. 이를 어떻게 바라보는가는 전적으로 제3자의 느낌이라는 걸 전제로 전상열의 작품에 들어 있는 논지의 길을 재촉한다.

2. 이미지의 표정들

1)정서의 평균치

낭만시 운동의 선봉에 섰던 워즈워드가 시는 형식적인 것, 인위적인 것, 비 자연적인 것을 배재하고 자연스러워야 한다고 주장한다. 물론 소재도 일상적인 것이어야 하고 시의 용어도 자연스런 구어체를 권장한다. 이는 시가 특별한 기교를 필요로 하는 것이 아니라 담담한 마음을 표현할 수 있을 때 감동을 자극할 수 있다는 뜻을 내포한다. 전상열의

작품에 감각적인 작품을 옮기어 그의 정신적인 문법을 밝
힌다.

　　겨우내 하늘가
　　서성거리더니
　　세상을 깨우려
　　중얼거리며 온다

　　언제는 속절없이
　　비바람 불어
　　알몸 속살 까발리더니
　　새 옷을 갈아 입히려
　　연둣빛 조르며 온다

　　이 은근한 보리성(菩提聲)
　　저 나붓한 행보(行步)
　　<봄비>

　　동시적인 감수성을 엿볼 수 있는 작품이다. 가볍지만 담
백하면서 깨끗한 어감을 자극하기도 하고 봄날의 분주하고
어수선한 생동감을 느끼게 한다. 이런 감수성은 전상열의
정신에 담겨진 순수와 투명을 우회적으로 살필 수 있는 구
체적인 증거가 된다. 시는 어떤 경우에도 정신의 그림을 그
리는 점에서 벗어나는 것이 아닐 때 자화상을 그리는 행위
가 된다.

　　'겨우내 서성거리더니'라는 긴 겨울의 추위를 '서성거리
다'로 표현한 묘미는 '중얼거리며 온다'에서 의태어적인 재
미를 더하면서 봄의 모습이 익살스런 전환의 뜻을 첨가한
다. 이런 재미는 2연에서 '새 옷을 갈아 입히려'의 피동적
인 태도를 개입하여 '까발리더니'의 솔직함과 댓구를 이루

면서 '연둣빛 조르며 온다'와 의미의 연결을 꾀할 때, 감각적인 익살을 더하면서 상상력의 증폭을 이어온다. 이런 표현의 기교는 '은근한'과 '나붓한 행보'에서 느리지만 은근하게 다가오는 봄날의 안온함을 연상하게 한다. 이런 촉매의 역할은 봄비라는 '젖음'에서 점차로 절실한 문제로 전환되면서 시인의 의도를 충족하게 된다. 전상열은 이런 시적 흐름에 스스로를 투입함으로 만족의 도를 느끼는가는 전적으로 자신에 돌릴 문제가 된다. 시는 혼자만이 이루는 새로운 세계의 창조이기 때문이다.

2)사랑의 정서

사랑은 인간을 인간으로 탄생시키는 구체적인 작용을 다한다. 가령 최초의 탄생이 숙명적인 사랑의 결과였다면 의식으로 사랑을 나누는 형태는 선택적인 운명에 이른다. 다시 말해서 대상을 설정하고 사랑에 대한 호소와 간절함으로 가까이 하기를 원하는 사랑은 인간을 순화시키는 역할을 감당한다. 전상열은 이런 사랑의 마음에 열망을 투영한다.

그때 내 마음 울렁이며 가듯이
지금도 강물은 달빛 안고 흐르네
그 입술 그 혀 속삭이던 사랑
밤하늘 별빛 되어 내 가슴에 남아
흰 모래 조약돌 그 여름 밤을
내 어이 잊을까
<그대는 언제나>에서

전상열의 의식에 점령된 사랑의 이미지는 과거완료의 형태를 취한다. 이는 '속삭이던 사랑'의 과거완료 개념을 개입하여 지난날의 흔적이 여전히 지워지지 않는 아름다움의

연상으로 다가온다. '입술'과 '그 혀'라는 交接으로부터 가슴을 점령한 감정이 여전히 먼 거리로 남아 있지만, 그 여름밤의 추억이 파노라마로 연결되면서 잊지 못할 기억을 재생하게 된다. 이런 마음의 여백은 '내 어이 잊을까'라는 애달픔의 감정이 '별빛되어'라는 빛나는 의식으로 채색된다. 결국 전상열의 사랑은 '우리 사랑을 가른다 하여도/그대는 언제나 내 마음에 있네'의 영원성으로 남아 있다.

그대는 먼데서 오는 게 아니고
항상 내 옆에서 서성이죠
나는 알고 있어요 그대의 마음을
그리움에 타고만 휑한 가슴에
비집고 들어와 일렁거림을
속사랑함이여
은밀한 마음이야 내 알련만
얼굴없는 그대 모습 안타까워서
그대는 끝끝내 내게
그대의 모습을 안 보이는군요
<바람>

사랑이 바람으로 다가와 허무를 남기고 사라질 때 애절함이 배가 된다면 전상열의 사랑은 두 개의 가정이 성립된다. 첫째는 실제로는 不在한 대상이지만 항상 곁에 있음을 느끼는 안정감의 사랑을 소중하게 간직하는 뜻을 읽을 수 있고, 두 번째는 첫 번째의 마음을 체념으로 정리하는 것이 아니라 끈질기게 자기 곁으로 끌어와 '찾고 있는' 마음을 바라보게 된다. 이런 사랑을 플라토닉러브라고 한다면 전상열이 추구하는 사랑은 아름답고 깨끗함을 목표로 지고한 사랑에 헌신하는 인상을 남긴다. 물론 서로가 대상을 바라보는 접촉의 사랑이 아니고 떠나 버린 대상에 추억과 대화

를 나누는 형태로 사랑의 이름을 바치고 있기 **때문에** 다이
나믹함보다는 靜的인 안온함을 특징으로 한다. '끝끝내' 다
가오지 않을지라도 끈질긴 집념을 특성으로 전상열의 사랑
은 기다림을 심어 놓고 물을 주는 느낌으로 사랑의 감정을
노래로 환치한다.

3)가족과 우정

전상열의 시에는 가족의 대상이 시의 형태로 다양성을
나타낸다. 이는 시의 초보적인 형태—사고의 폭이 넓지 않
을 때 가장 쉽게 다가오는 이미지가 일차적으로 주변사에
집중되는 빈도가 많다. 다시 말해서 명상적이거나 철학적인
이미지는 사고의 진폭을 넓게 그리고 깊게 작용하는 데는
언어의 운용과 의미 창출에 보다 세밀한 시적 특성을 필요
로 한다. 어떻든 전상열의 감성은 다감함으로 아내와 자식
들 혹은 친구의 정감을 잊지 못하는 형태로 시를 일구고
있다.

아내는 여자입니다
여자는 꽃과 같습니다
꽃은 한철이 있습니다

여자의 사십대는
흐드러진 한철입니다

식당 영업 십년 세월간
그 흔한 스킨로션 하나
동동구리무 한 방울을
립스틱 한 줄 안 바른
아내입니다
……략……
그녀는 음식을 위하여

여자의 한철을
기꺼이 바쳤습니다
<꽃 같은 한철을>

　아마도 음식점을 경영하는 전상열의 현주소에 한쪽 기둥
이 아내라는 인상을 준다. 음식에 화장품 냄새를 배제하려
는 세심한 마음과 손님을 위주로 생각하는 성실성은 전상
열의 감동을 자극하기에 넉넉하다. 나이 사십대의 아내에게
화려한 시절을 모조리 바치고 불평 없는 헌신의 자세는 결
국 오늘의 전상열이 살아갈 수 있는 원동력을 제공했다는
점에서 사랑의 최종 대상일 것이다.
　'그녀는 음식을 위하여/여자의 한철을/기꺼이 바쳤습니다'
와 같이 '음식을 위하여'는 생활의 문제를 해결하는 방편이
었고, '여자의 한철'로 보상할 수 있는 어떤 대가도 없을지
라도 '기꺼이 바쳤습니다'라는 자세에서—병중의 시아버님
을 위하는 정성—가족을 위한 참된 희생의 따스함을 눈여
기게 한다. 사랑은 헌신이고 계산이 아닐 때, 참된 세계를
만들어갈 수 있다는 예증을 확인하는 것이다.

사랑하는 나의 딸 인숙아
자랑스런 나의 아들 세훈아 세범아
아빠가 세상 얘길 좀 하고 싶구나

우리가 살아가는 세상은
너무나 비좁고 복잡해
마구 섞여서 떠밀려 가는구나
어디로 가는지 알고는 가는건지
……략……
사랑하는 나의 아들 딸들아
건강하게 착하게만

자라주렴아
<사랑의 이름으로>에서

　자식을 생각하는 어버이의 마음은 언제나 염려로 이어진
다. 물론 철들은 아이들은 흔히 간섭으로 생각하지만 부모
는 살아온 과거의 경험을 덧붙여 지혜를 강조하는 것이다.
사는 일이 어디로 흘러가는 건지 혹은 무엇을 목표를 삼고
흘러가는 일인지 전혀 모르면서 오로지 착하고 열성을 강
조한다. 그러나 산다는 일은 법칙도 공식도 없다는 점에서
미지수의 나그네의 행로에 불과하기 때문에 경험의 강조는
도움을 줄 수 있다. 자식에 대한 사랑은 본능이기 때문에
때로 맹목적인 특성으로 감싸게 된다면 전상열이 느끼는
자식에 대한 감성은 '건강하게'와 '착하게'에 한정사 '만'을
첨가함으로 다른 욕망이 없다는 것을 강조한다.
　우정은 때로 사랑보다도 진한 감정을 교류할 수 있다.
우정이 자기를 확인하는 또 다른 행위라면 친구는 '자기'를
만나는 일이다. <내 친구 최돈선>이나 <친구>에서 전상
열의 감정을 알게 되는 증거가 된다.

　손때 묻은 병풍과 같은 것이
　펼치면 마음이 향긋해지고
　차가운 바람막이가 되고
　행여 몸에 상처가 나면
　내 몸처럼 아려오고
　너무 환한 빛일 땐
　은은히 가려 주고
　저만큼에서도
　예감하는 너
　　<친구>에서

문맥으로 보면 절대의 분신으로 느껴지는 우정을 말한다. 이는 '병풍과 같은 것이'의 역할이 모든 비바람을 막아주는 느낌을 전달하고, 차가운 시련을 견딜 수 있게 조언하는가 하면, 친구의 상처를 제 몸의 아픔으로 느끼는 교감은 행복을 만들 수 있는 우정의 깊이를 연상한다. 이기적인 혹은 타산을 앞세우는 풍토에서 자기의 몸에 아픔으로 친구의 정이 있다면 이는 필시 '마음의 향기'를 인생의 향기로 바꿀 수 있는 넉넉한 삶의 자세에서 가능한 일이리라. 管鮑之交의 우정을 가지고 살고 있다는 것은 시련 많은 이 세상을 행복하게 살아가는 길을 알고 있는 사람이라면, 전상열은 이런 공식에 알맞은 사람으로 보인다.

4)고향과 詩情

고향은 영원한 안주처로 자리잡기 때문에 어머니의 이미지에 닿고 또 떠나도 돌아가야 할 절대의 공간으로 자리잡는다. 고향은 부드럽고 정갈하고 따스함을 남기지만 흔히 떠난 고향은 애절함으로 남게 된다. 예의 전상열에게도 이런 절차는 어김없이 작용한다.

인제 부평(富坪)에서
인천 부평(富平) 쪽으로 이르는 길은
예전처럼
산 소식 산 얘기 실어 오는
뗏목 길이나
뚫렸으면
<인제(麟蹄)가는 길>에서

아마도 전상열의 고향은 강원도 인제로 보인다. 물 좋고 인심 좋은 고향 산천을 떠나 인천 부평에서 생활의 본거지를 잡고 살아가지만 고향 인제를 회상하는 애절함은 항상

절실함으로 작용한다. 인제의 산 얘기가 뗏목에 실려 오기를 원하는 마음에 刻印된 전상열의 고향의 思念을 '뚫렸으면'이라는 소망에서 무게를 간직한다.

시와 고향은 같을 리가 없을지라도 진솔한 마음으로 찾아가 위안을 받을 수 있다는 점에서 동류항이 될 것이다. 고향은 공간의 개념이고 시는 의식의 공간이라는 점에서 3차원적인 고향과 의식의 4차원의 공간은 현격하게 다르지만 절실성에서는 공통의 공간이다.

시어(詩語)를 고르는
고운 세상이랍니다
소망(素望)하고 추구하는 나라는……
풀잎 이슬 같은 한 방울도
보석처럼 그립니다
사랑의 눈으로 세상을 봅니다
<시(詩) 세상>에서

시어를 고르는 마음은 깨끗하고 정갈한 마음을 가질 때 시의 얼굴 보기는 시작된다. 아름다움을 추구하는 일에 시의 임무는 부여되어 있기 때문에 시인이 추구하는 나라는 항상 이상국의 연상으로 남게 된다. 전상열의 마음은 자연의 작은 물상에도 눈을 주면서 '풀잎'이나 이슬 같은 한 방울의 영롱한 대상에 사랑의 마음을 투영한다. 이때 물상과 시인은 하나의 공간을 점하는 행복에 잠기게 된다. 사랑의 눈으로 바라보는 세상은 결국 모든 대상이 사랑으로 변모되는 이치에서 시의 세계는 지상의 아름다움을 감지하는 절차에 들어가게 된다.

5)산과 삶의 이치
산을 오르는 것은 왜인가를 묻는다면 이유가 설정되지

않는다. 다만 산이 있기 때문에 인간은 산을 오르는 행위가 반복될 뿐이다. 전상열은 산에 오르면서 사는 이치에 결부시키는 교훈을 얻고 있다.

길은 어디에나 나 있어요 그런데도 나는 어디에서도 한 길 같은 길을 찾을 수가 없었어요 모두들 희희 낙락 잘도 걷고 뛰는 길이더만요 아주 오래 강물이 흐르고 그 강이 바다로 안개로 구름으로 형상을 바꾸어 드디어는 빗물이 되어 무수한 꽃잎과 나뭇잎으로 오고 간 뒤에야 어렴풋이 가야 할 길이 보이는 듯했어요 하나의 산을 오르는 데도 몇 개의 등산로가 있지요
　　<길>에서

길은 길에 이어지면서 또 다른 길을 만들어 나간다. 사는 일도 이런 이치처럼 일정한 길이 없다는 점에서 산을 오르는 이치와 같다. 전상열은 산을 오르면서 사는 이치를 발견하고 지혜를 발동하게 된다. 길은 어디에나 인간이 가는 족적이 결국 길이 되기 때문에 똑같은 길이 아니라 엄정하게 다른 길이 있을 뿐이다. 그러나 타인이 가는 길이 편하고 즐거운 길인 듯이 보이지만 모두 가파르고 어려운 운명의 길을 답파하는 셈이다. 길은 가는 자 만이 길이 열려진다. 바라보는 자는 항상 남의 길을 감상하는 일이기에 땀흘리는 사람에게서 길은 문을 열어 준다는 뜻이다. 어디로 갈까를 숙고하는 자의 모습보다는 오히려 자기의 길을 개척하기 위해 방황하는 자의 고뇌는 아름다운 법이다.

그래 그래, 삶이란 건
산길 오르기와 닮았더라
길 없는 길 오르듯
조심스러웁더라

<산길을 오르면서> 중에서

산길을 오르는 것과 사는 일이 다름이 아니고 똑같다는 발상에서 전상열의 산 오르기는 인생을 살아가는 이치를 터득한데서, 등산은 삶의 에너지를 충전하는 구체적인 역할을 수행한다. 산을 오르다 보면 가파른 길이 있고 때로는 험한 산자락을 트레바쓰해야 하는 일면 평탄한 산길에서 아름다운 풍경도 볼 수 있는 것마냥, 마치 행복과 불행이 교차하는 것과 같이 산과 삶은 일체화를 이루면서 세상 익히기를 반복한다.

산은 높으면 높을수록 구름은 키를 낮추고 하늘이 널찍하다 산이 깊으면 깊을수록 바람은 한껏 투명하고 가슴이 밝아진다
<산(山) 얘기 2>에서

인간은 산을 정복한다 하지만 이는 무지한 말이리라. 산을 오르면 산은 항상 저만큼의 자리에서 치달리고 있고 인간은 엄숙한 자세로 다시 산을 향하는 걸음을 옮길 수 있을 때, 산은 인간에게 신앙으로 자리잡는다. 이런 교훈을 터득한다는 것은 산에 영혼을 불어넣을 수 있는 자각의 문이 있을 때, 비로소 산과 인간은 하나가 될 수 있게 된다. 키를 낮추고 묵묵히 자기의 걸음을 옮기는 겸손에서 산과 인간은 일체의 하모니를 느끼게 된다는 뜻이다.

3. 마무리

시는 언제나 찾아오지 않는 낯선 얼굴이지간 열망과 헌신에서는 시는 손짓으로 다가온다. 사물을 바라보는 따스한 마음을 가졌을 때, 사물은 다시 살아나는 모습으로 이미지

의 숲을 만들어 나아가게 된다. 전상열은 감각적인 몇 편의 작품을 통해 미래로 가는 길을 확보하려는 의지를 만나게 된다. 그 대체적인 특성은 아래와 같이 요약된다.

전상열의 시는 사랑을 因子로 따스함에서 일차적인 특성을 마련하면서 정신세계를 織造해 간다. 이런 基底는 가족과 우정에 남다른 감수성이 드러나고 우정에서 진솔함으로 만나게 된다. 아울러 시와 고향의 이미지는 분리된 대상이 아니라 하나의 공간에 집약하는 특성으로 작용한다.

삶에의 특성과 산을 분리하는 것보다 살아가는 인생의 길로 유추될 때, 하나의 교훈을 만나는 안도감을 맛보게 된다.

저자와의
협의에 의해
인지를
생략합니다

깊은 밤이 거기 서 있지만

지은이 · 전상열
펴낸이 · 최순철

초판1쇄 인쇄일 · 1996년 10월 10일
초판1쇄 발행일 · 1996년 10월 15일

펴낸곳 · 도서출판 등불
서울시 마포구 구수동 68-2 대건빌딩 302호
전화 715-8716 팩스 715-8717
출판등록 · 1994년 4월 19일(제10-969호)

값3,500원
ISBN 89-8028-048-3 03810
잘못된 책은 바꾸어 드립니다.